OUPS!
OLIVRE! NE FAIS PAS L'IMBÉCILE!
AH!
MILLE IMPASSES!

LES MAITRES CARTOGRAPHES

tome 4
L'ÉCLAT DE CAMERLOT

Scénario : **Scotch Arleston**
Dessins : **Paul Glaudel**
Couleurs : **Yves Lencot**

Soleil

MILLE ROYAUMES, MILLE CULTURES MAIS UNE SEULE VILLE QUI COUVRE TOUTE LA PLANÈTE : DANDALE. AU CENTRE DE CETTE CITÉ INFINIE, UNE POIGNÉE D'HOMMES RÉUNIS, À L'INSTITUT D'ARAMANTES PRÉSERVENT LE SAVOIR ET EXPLORENT LE MONDE. CE SONT LES MAÎTRES CARTOGRAPHES...
DENICALES MON MARI, AVEZ-VOUS DES NOUVELLES DU CARTOGRAPHE ARCHIM DE CAMP ?
NON POINT, DOUCE JEDRUTH...
SES ATTENTIONS VOUS MANQUENT ?
IL EST VRAI QUE JE NE SUIS PLUS D'ÂGE À VOUS SATISFAIRE PLEINEMENT...
JE ME DEMANDAIS JUSTE...
EXCUSEZ-MOI, CE T'SAÏN SEMBLE PORTER UNE DÉPÊCHE QUI M'EST DESTINÉE...
1.

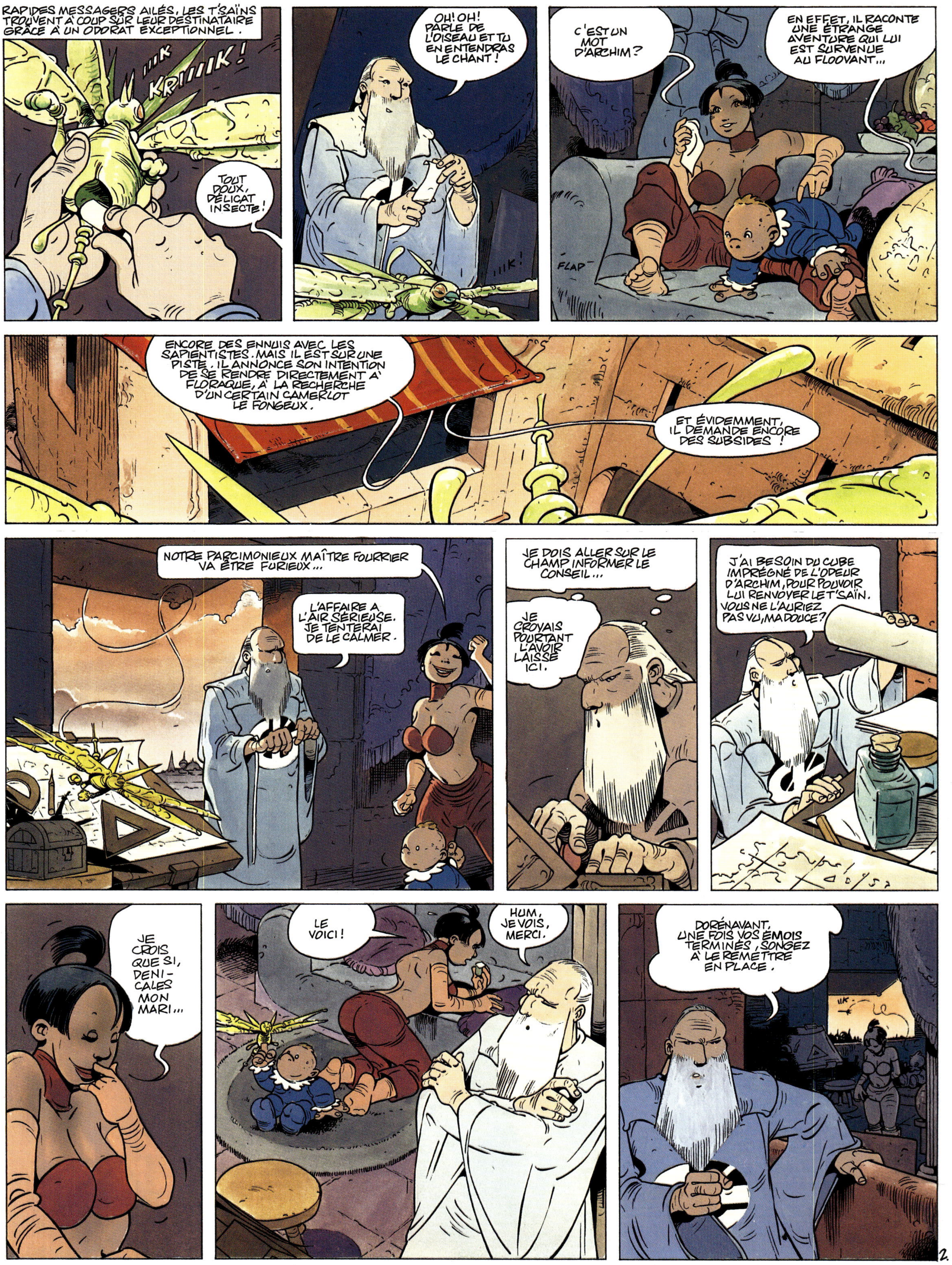

RAPIDES MESSAGERS AILÉS, LES T'SAÏNS TROUVENT À COUP SÛR LEUR DESTINATAIRE GRÂCE À UN ODORAT EXCEPTIONNEL.
IIIK KRIIIIK!
TOUT DOUX, DÉLICAT INSECTE!
OH! OH! PARLE DE L'OISEAU ET TU EN ENTENDRAS LE CHANT!
IIIK!
C'EST UN MOT D'ARCHIM?
EN EFFET, IL RACONTE UNE ÉTRANGE AVENTURE QUI LUI EST SURVENUE AU FLOOVANT...
FLAP
ENCORE DES ENNUIS AVEC LES SAPIENTISTES. MAIS IL EST SUR UNE PISTE. IL ANNONCE SON INTENTION DE SE RENDRE DIRECTEMENT À FLORAQUE, À LA RECHERCHE D'UN CERTAIN CAMERLOT LE FONGEUX.
ET ÉVIDEMMENT, IL DEMANDE ENCORE DES SUBSIDES!
NOTRE PARCIMONIEUX MAÎTRE FOURRIER VA ÊTRE FURIEUX...
L'AFFAIRE A L'AIR SÉRIEUSE. JE TENTERAI DE LE CALMER.
JE DOIS ALLER SUR LE CHAMP INFORMER LE CONSEIL...
JE CROYAIS POURTANT L'AVOIR LAISSÉ ICI.
J'AI BESOIN DU CUBE IMPRÉGNÉ DE L'ODEUR D'ARCHIM, POUR POUVOIR LUI RENVOYER LE T'SAÏN. VOUS NE L'AURIEZ PAS VU, MA DOUCE?
JE CROIS QUE SI, DENICALES MON MARI...
LE VOICI!
HUM, JE VOIS, MERCI.
DORÉNAVANT, UNE FOIS VOS ÉMOIS TERMINÉS, SONGEZ À LE REMETTRE EN PLACE.
2.

A DES MILLIERS DE LIEUES D'ARAMANTES ... LE CARTOGRAPHE ARCHIM DE CAMP, ACCOMPAGNÉ D'OLIVRE LE DÉROBEUR ET DE LA SYLVESTRE LUMILLE, ARRIVE À FLORAQUE, ROYAUME DE LA SOMPTUEUSE DYNASTE SULPANE.
CHIC! L'ATMOSPHÈRE EST GUILLE-RETTE!
J'Y SUIS PASSÉ LORSQUE J'ÉTAIS APPRENTI, C'ÉTAIT MOINS ANIMÉ.
MARCHAND! QUE SE PASSE-T-IL ICI?
D'OÙ DÉBARQUEZ-VOUS? CE SONT LES GRANDES FÊTES DU JUBILÉE DE LA DYNARQUE! TROIS SEMAINES SANS DORMIR, À BOIRE ET À DANSER!
COMBIEN VOULEZ-VOUS DE SAUCISSES?
UNE MONTAGNE! BIEN JUTEUSES ET BIEN GRILLÉES!
C'EST TROIS ÉCLATS, PIÈCE.
MA BOURSE EST AUSSI VIDE QUE MON ESTOMAC, MAIS MON AMI VA VOUS PAYER.
OLIVRE, JE TE RAPPELLE QUE NOUS NE SOMMES PAS LÀ POUR NOUS GOINFRER, MAIS POUR RETROUVER UN HOMME!
JE RETROUVE TRÈS MAL LES GENS QUAND J'AI LE VENTRE QUI GARGOUILLE.
OLIVRE A RAISON, VOILÀ DES SEMAINES QUE NOUS NE MANGEONS QUE DU RAGOÛT DE PLOUILLON!
3.

TRÈS BIEN ! MAIS DÉPÊCHEZ-VOUS, L'INSTITUT POSSÈDE UN HAVRE, ICI, ET NOUS DEVONS NOUS Y PRÉSENTER !
TU N'Y COMPTES PAS Y DORMIR, J'ESPÈRE ?
RAS LE FEZ DES BROUETS INFECTS ET DES PAILLASSES MALODO-RANTES !
OH ! C'EST VRAIMENT COMME ÇA ?
HÉLAS, NOTRE MAÎTRE FOURRIER GÈRE DE PRÈS LES INTÉRÊTS ET LES DÉPENSES DE L'INSTITUT.
CE SOIR, NOUS DORMIRONS SUR DE LA PLUME ET DE LA SOIE ! C'EST MOI QUI VOUS INVITE !
DITES-MOI, MON BON...
???
... QUELLE EST LA MEILLEURE AUBERGE DE FLORAQUE ?
AH ! VOTRE QUESTION MET MA MODESTIE AU SUPPLICE !
L'ÉCRIE GLOUTON
VOUS POUVEZ TOUT ME CONFIER MON AMI...
JE SUIS JUSTEMENT L'HUMBLE PROPRIÉTAIRE DE CET ÉTABLISSEMENT MAIS...
MAIS QUOI ?
LES FÊTES DU JUBILÉE ONT ATTIRÉ DE NOMBREUX CURIEUX, ET IL NE ME RESTE PLUS DE LIBRE QUE LA SUITE IMPÉ-RIALE, QUI EST ASSEZ CHÈRE...

VOICI UN CRISTAL ÉCARLATE EN GUISE D'ACCOMPTE, MON BON !
C'EST UN HONNEUR POUR MOI DE VOUS RECEVOIR, MES SEIGNEURS !
FAIS RÔTIR DES MLOOSES BIEN GRASSES ET METS DU VIN AU FRAIS, NOUS SERONS DE RETOUR POUR SOUPER !
JE SUIS À VOS ORDRES !
ÇA AU MOINS, C'EST DES CLIENTS...
MAIS... MA BOURSE !
UN PROBLÈME, PATRON ?
UN COQUIN A DÉCOUPÉ LE FOND DE MA BOURSE ET L'A VIDÉE !
SERAIT-CE...
CE N'EST PAS VRAIMENT MALHONNÊTE : JE LUI AI DÉJÀ RENDU UNE PARTIE DE SON PÉCULE !
C'EST AVEC CE GENRE DE STUPIDITÉS QU'ON SE FAIT REMARQUER ET ARRÊTER !
DE TOUTE FAÇON, IL N'Y A PAS DE PREUVES !
DANS BIEN DES ÉTATS, L'INSTITUT D'ARAMANTES A PU DÉPÊCHER DES LÉGATS ET INSTALLER DES HAVRES, ÉTAPES, RELAIS ET POINTS DE SOUTIEN POUR LES CARTOGRAPHES EN MISSION...
CE BATIMENT N'EST GUÈRE IMPRESSIONNANT !
EN EFFET, UN PETIT COUP DE PEINTURE ET...
POUR UN CARTOGRAPHE, LA VRAIE RICHESSE EST DANS LE SAVOIR !
HÉLA !
BONK ! BONK !
5.

VOILÀ, VOILÀ ! INUTILE D'ENFONCER LA PORTE !
ENTREZ, CARTOGRAPHE !
QUE SIGNIFIE CECI, COMMIS ? L'USAGE VEUT QUE LA PORTE D'UN HAVRE RESTE TOUJOURS OUVERTE !
BIEN SÛR ! C'EST UNE IMPARDONNABLE ERREUR, JE SUIS CONFUS.
VOUS DÉSIREZ SANS-DOUTE VOIR LE LÉGAT ZONOPE ?
LE VIEUX LÉGAT MONTFUL N'EST PLUS ICI ?
L'HOMME EST UNE DENRÉE PÉRISSABLE...
BIENVENUE AU HAVRE, MES AMIS ! JE SUIS LE LÉGAT ZONOPE, À VOTRE DISPOSITION !
CARTOGRAPHE ARCHIM DE CAMP.
ASSEYEZ-VOUS ! MON COMMIS VA NOUS APPORTER QUELQUES RAFRAÎCHISSEMENTS...
QUELLE MISSION VOUS AMÈNE ?
UNE AFFAIRE CONFIDENTIELLE. ARAMANTES N'A PAS ENVOYÉ DE T'SAÏN POUR PRÉVENIR DE MA VENUE ?
HÉLAS, NON...
...MAIS RACONTEZ-MOI TOUT, JE POURRAI PEUT-ÊTRE VOUS AIDER ?
5.

POUR DES RAISONS QUE JE NE PUIS DIVULGUER, JE CHERCHE UN HOMME CONNU SOUS LE NOM DE CAMERLOT LE FONGEUX.
CAMERLOT LE FONGEUX... IL SERAIT À FLORAQUE ?
J'ESPÉRAIS QUE VOUS POURRIEZ NOUS AIDER...
FRRRFZZZ
HÉLAS, NOUS RÉPERTORIONS LES RUES ET LES PLACES, MAIS POINT ENCORE LES HABITANTS.
MAIS PEUT-ÊTRE QUE SI VOUS M'EN DISIEZ PLUS...
?!?
ZONOPE, VOTRE CURIOSITÉ N'EST GUÈRE HABITUELLE CHEZ UN LÉGAT !
OUBLIONS CECI ! VOUS LOGEZ ICI, BIEN SÛR ?
NOUS AVONS DÉJÀ PRIS D'AUTRES DISPOSITIONS.
MINOU ?
COUCOU, SURPRISE !
!!!!!
ZWIIIP

FILS DE PLOUIL-LON!
MFFF!
MILLE IMPASSES!
VLOFF!
ARCHIM! VITE!
GNARL!
AAA
ON LE TIENT!
AAAAAAAA
CRAK
8.

HÉ!
IL EST MORT.
POURQUOI AVEZ-VOUS FAIT ÇA, LÉGAT ZONOPE?
JE VOUS CROYAIS EN DANGER ET...
QUI EST-CE?
C'EST LA FÊTE DANS FLORAQUE. LES BRIGANDS PROFITENT DU DÉSORDRE ET DES DÉGUISEMENTS POUR S'INTRODUIRE DANS LES MAISONS...
...ET DÉVALISER D'HONNÊTES GENS...
IL N'EST PAS EN ÉTAT DE VOUS CONTREDIRE !
HÉLAS! JE SUIS DÉSOLÉ...
EN TOUT CAS, IL VA ME FALLOIR UN NOUVEAU COSTUME!
OH, CELUI QUE TU PORTES MAINTENANT TE VA À MERVEILLE!
IMBÉCILE!
SI VOUS AVEZ BESOIN DE QUOI QUE CE SOIT, LE HÂVRE EST À VOTRE SERVICE, CARTOGRAPHE.
TENEZ-MOI AU COURANT DE L'AVANCEMENT DE VOS RECHERCHES, JE POURRAI PEUT-ÊTRE VOUS AIDER!
JE NE CROIS PAS À SON HISTOIRE DE VOLEUR DÉGUISÉ. IL L'A TUÉ VOLONTAIREMENT.
BROOOF!
CE LÉGAT NOUS CACHE DES CHOSES. JE VAIS DEMANDER DES RENSEIGNEMENTS SUR LUI À L'INSTITUT!
VOUS AVEZ ÉTÉ MALADROITS! ILS SE MÉFIENT!
NOUS N'AVONS EU QUE QUELQUES MINUTES AVANT LEUR ARRIVÉE! CET IMBÉCILE N'A PAS EU LE TEMPS DE SE CACHER!
REGAGNEZ LEUR CONFIANCE, ILS DOIVENT NOUS MENER À CAMERLOT!
9.

LE JUBILÉE DE LA DYNARQUE DE FLORAQUE... JOUR ET NUIT, BOUTIQUES ET TAVERNES NE DÉSEMPLISSENT PAS. DES MILLIONS DE PINTES DE BIÈRE REJOIGNENT LES CANIVEAUX, APRÈS UN BREF PASSAGE PAR LES ENTRAILLES DES FÊTARDS...
A L'ÉCRIL GLOUTON
Spectacle
FAUDE ET SES FRIPONNES
L'ÉCRIL GLOUTON
DITES DONC, VOUS...
NOTRE CHAMBRE EST PRÊTE?
JE VAIS FAIRE QUELQUES EMPLETTES ET JE VOUS REJOINS.
FIGUREZ-VOUS QU'ALORS QUE NOUS DEVISIONS TANTÔT, MA BOURSE ME FUT DÉROBÉE...
QUEL MALHEUR!
AFIN DE VOUS CONSOLER DE CETTE PERTE, JE VOUS PROMETS DE DÉPENSER CHEZ VOUS SANS COMPTER, MON BON!
DRESSEZ-NOUS VOTRE MEILLEURE TABLE!
ALLONS BOIRE AVEC LES UNS ET LES AUTRES, NOUS TROUVERONS BIEN QUELQU'UN QUI CONNAÎT CAMERLOT.
SOUHAITONS-LE!
MAIS... OH OH OH!
FAUDE! VIEILLE CANAILLE!
MOURIER
ASKELL

OLIVRE LE DÉROBEUR! PLOUILLON VÉROLÉ!
CLAC!
HA HA
"LE DÉROBEUR"?!?
JE VAIS TE FAIRE DANSER, SALE TRAÎTRE! MAZALGUE EN RUT!
CLAC!
CLAC
CLAC!
FAUDE... TU ES TOUJOURS FÂCHÉE?!?
JE DEVRAIS TE TUER!
FILE ME COMMANDER UN TONNEAU DU MEILLEUR VIN! SI TU LE METS SUR TA NOTE, JE TE PARDONNERAI...
PEUT-ÊTRE!
CLAC
HAHA!
VAS-Y FAUDE!
HOHOHO!
CLAC!
N'EN PROFITE PAS POUR TE REPOSER OU TU VAS TÂTER DE MON FOUET, FRIPONNE!
DISCRETS COMME ILS SONT, JE NE RISQUE PAS DE LES PERDRE DE VUE...!
HO HO! JE VOIS QUE TU AS DES AMIS PARTOUT!
SACRÉE FAUDE! ELLE A TOUJOURS LE POIGNET AUSSI SOUPLE!
ON SAUTILLE!
CLAC
ON BONDIT!
ON CABRIOLE POUR LE FINAL!
11.

AH ! LUMILLE ! ON DIRAIT QU'UN MARCHAND DE TISSUS S'EST ENRICHI...
COMMENT ME TROUVEZ-VOUS ?
DU MOMENT QUE ÇA S'ENLÈVE FACILEMENT...
SI TU ES SAGE, JE TE MONTRERAI COMMENT FAIRE, MON BEAU CARTO-GRAPHE !
BIZZ !
BRAVO A FAUDE ET SES FRIPONNES !
ET MAINTENANT, LAISSEZ-VOUS BERCER PAR LES DANSES LASCIVES DE CYBIL LA NOCTURNE !
CONTENT DE TE REVOIR, OLIVRE ! PERSONNE NE T'A ENCORE ÉGORGÉ ?
SCRONTCH MIOM SLORP
CLAC !
VOUS AVEZ L'AIR DE LUI EN VOULOIR POUR UNE VIEILLE HISTOIRE...
TU PARLES !
LA DERNIÈRE FOIS QUE MA ROUTE A CROISÉ CELLE DE CE RUFFIAN PRIAPIQUE, IL A ENGROSSÉ DEUX DE MES FRIPONNES !
JE LEUR AVAIS BIEN PROPOSÉ UNE SOLUTION SANS RISQUE, MAIS ELLES AVAIENT PEUR D'AVOIR MAL !
HI ! HI !
ALORS, QU'EST-CE QUI AMÈNE UN CARTOGRAPHE À FLORAQUE ? LA RÉGION EST CONNUE DEPUIS LONGTEMPS !
OLIVRE VOUDRAIT RETROUVER UN VIEIL AMI DE SON PÈRE...
CAMERLOT LE FONGEUX, TU N'AS PAS ENTENDU CE NOM ?
" LE FONGEUX " ? ÇA A UN RAPPORT AVEC LES CHAMPIGNONS... C'EST PEUT-ÊTRE UN MYCQUEUX ?
PEUT-ÊTRE...
DIS-MOI PETITE... IL Y A DES MYCQUEUX PARMI VOS HABITUÉS ?
C'EST QUE...
12

VOUS AVEZ QUELQUE CHOSE CONTRE LES MYCQUEUX ?
?!?
PAS DU TOUT !
VOUS CONNAISSEZ UN HOMME DU NOM DE CAMERLOT ?
ÇA SE POURRAIT.
VENEZ DONC VOUS ASSEOIR AVEC NOUS. VOUS GOÛTEREZ CE FABULEUX VIN DE CHABLOS !
QU'EST-CHE QUE VOUS LUI VOULEZ À CAMERLOT, MMCH ?
RÔÔÔOO
PARDON.
LUI DIRE QUELQUES MOTS...
C'ÉTAIT UN AMI DE MON PÈRE... JE VOULAIS PROFITER DE MON PASSAGE POUR LE SALUER !
IL Y AURAIT QUELQUES CRISTAUX DE RÉCOMPENSE POUR CELUI QUI NOUS MÈNERAIT À LUI.
SOYEZ DEVANT L'AUBERGE DEMAIN MATIN À L'HEURE DU LUTHIER !
ON DIRAIT QU'ILS ONT TROUVÉ...
IL EST TARD. ALLONS NOUS COUCHER.
BONNE IDÉE...
A FLORAQUE, DURANT LES FÊTES DU JUBILÉE, IL EST DE COUTUME QUE LES NUITS SOIENT COURTES ET AGITÉES...
PFFFFFFFFFT...
CROUI CROUI CROUI CROUI CROUI CROUI CROUI
VOUS POURRIEZ FAIRE ATTENTION À NE PAS HEURTER MA SENSIBILITÉ !
ENTRE FAUDE QUI TIENT SON FOUET PRÊT À M'ÉLOIGNER DE SES FRIPONNES ET VOUS QUI LUTINEZ SANS PUDEUR, COMMENT VOULEZ-VOUS QUE JE TROUVE LE SOMMEIL ?
MMMM
TAIS TOI ET VIENS, IMBÉCILE ! IL RESTE UNE PETITE PLACE !
13

UNE FOIS ÉVAPORÉES LES DERNIÈRES VAPEURS DES VINS APHRODISIAQUES, LES LUNES FINISSENT PAR PÂLIR ET LES CLEPSYDRES SONNENT INEXORABLEMENT L'HEURE DU LUTHIER ...
DING DONG
L'ÉCRIL GLOUTON
L'ÉCRIL GLOUTON ! C'EST ICI...
ARRIÈRE, MYCQUEUX ! PLACE À LA GARDE DE L'ADMIRABLE DYNARQUE SULPANE !
C'EST VOUS QUI AVEZ SIGNALÉ UN CARTOGRAPHE AVEC UN COMPAGNON DOUTEUX ?
ILS SONT À L'ÉTAGE CAPITAINE !
DEBOUT ! HABILLEZ-VOUS !
QU'EST-CE QUE...
PUIS-JE M'ENQUÉRIR DU MOTIF DE NOTRE ARRESTATION OFFICIER ?
VOUS AVEZ OMIS DE VENIR PRÉSENTER VOS RESPECTS À L'ILLUSTRISSIME DYNARQUE SULPANE.
... DE PLUS, L'AUBERGISTE A DÉPOSÉ UNE REQUÊTE EN SUSPICION À L'ENCONTRE DE VOTRE COMPAGNON !
14.
ALLEZ... SOYEZ CHOU, OFFICIER !
SI NOUS SOMMES ARRÊTÉS, IL VAUT MIEUX QUE L'UN DE NOUS RESTE LIBRE DE SES MOUVEMENTS...
PAUL GLAUDEL

...ALORS AUTANT QUE CE SOIT MOI !
EYH!
ATTENTION...
RAMENEZ-LE VIVANT OU MORT !
HOP !
SBOIIING!
OLIVRE ! NE FAIS PAS L'IMBÉCILE !
ESCROC! TU OSES ACCUSER INJUSTEMENT TES CLIENTS !
VITE...
ZIP
ZIP
ZIP
OUPS !
IL FAUT QUE J'ATTEIGNE LA PORTE !
HA ! HA ! PERSONNE NE PEUT SE SAISIR D'OLIVRE LE DÉROBEUR...
DONF
HUMPFF !
VOUS AVIEZ LAISSÉ TRAÎNER UNE COCHONNERIE ALORS JE VOUS L'AI BALAYÉE !
ILS SONT PRIS...
15

JE...
TU ES PLUS STUPIDE QU'UN MLOOSE ! NOUS NE RISQUIONS RIEN ! MAINTENANT, ILS NE TE RATERONT PAS !
MON AMULETTE ! MA GAÎNE !
TU TE COMPORTES PLUS SAGEMENT LORSQU'ELLE EST EN MA POSSESSION !
ARCHIM ! JE CROYAIS QUE TU AVAIS CONFIANCE EN MOI !
J'AI PLUS CONFIANCE EN TON AMITIÉ QU'EN TON INTELLIGENCE ! JE GARDE L'AMULETTE, AINSI TU RÉFLÉCHIRAS AVANT D'AGIR !
AUSSI BELLE QU'IMPITOYABLE, LA DYNARQUE SULPANE RÈGNE SANS PARTAGE SUR FLORAQUE. SELON LES CRITÈRES DE DANDALE. ELLE N'EST PAS PARTICULIÈREMENT CRUELLE OU INJUSTE. MAIS ELLE FAIT RESPECTER SES LOIS.
LA DYNARQUE VOUS ATTEND.
JE SERAI HEUREUX DE LUI PRÉSENTER NOS RESPECTS.
SI VOUS VIVEZ ASSEZ LONGTEMPS POUR ÇA !
UN CARTOGRAPHE REQUIERT L'HONNEUR DE SALUER LA SUBLIME DYNARQUE SULPANE !
QU'IL APPROCHE.
JE SUIS EXTRÊMEMENT MÉCONTENTE. VOUS ÊTES LÀ DEPUIS HIER, ET VOUS N'ÊTES POINT VENUS IMMÉDIATEMENT ME RENDRE HOMMAGE AU NOM D'ARAMANTES !
DE PLUS, VOTRE AMI A RÉSISTÉ À MES GARDES...
SUBLIME SULPANE...

JE SUIS CONFUS DE CE RETARD. PERMETS-MOI DE T'OFFRIR UN PRÉSENT POUR SCELLER L'AMITIÉ ENTRE ARAMANTES ET FLORAQUE...
ACCEPTE CE BEL ESCLAVE QUI SERA LE JOYAU DE TON HAREM !
QUOI ?
SILENCE!
CLACK
OUCH!
C'EST VRAI QU'IL EST MIGNON !
J'ACCEPTE TON OFFRANDE, CARTOGRAPHE.
GARDES ! EMMENEZ MON CADEAU AUX BAINS ET DÉCRASSEZ-LE ! J'Y GOÛTERAI PLUS TARD !
J'ESPÈRE EXCITER TA VIRILITÉ. LES IMPUISSANTS NE SURVIVENT PAS LONGTEMPS DANS MON HAREM...
ARCHIM ! COMMENT AS-TU OSÉ FAIRE ÇA ? TU ES UN MONSTRE !
C'ÉTAIT LA SEULE SOLUTION.
APRÈS SES PROUESSES À L'AUBERGE, IL DEVAIT ÊTRE EXÉCUTÉ. EN L'OFFRANT À LA DYNARQUE, JE L'OBLIGEAIS À LE GARDER EN VIE !
NOUS LE DÉLIVRERONS PLUS TARD.
SHTT...
VOUS AVEZ EU DES ENNUIS ? J'AI VU LES GARDES VOUS EMMENER ALORS QUE JE VENAIS VOUS CHERCHER...
TOUT EST ARRANGÉ... VOUS POUVEZ TOUJOURS NOUS CONDUIRE À CAMERLOT ?
17

LE DÉNOMMÉ ANGOUSTE POUVAIT...
C'EST PAR LÀ ...
CAMERLOT VIT SUR UN BATEAU?
PAS EXACTEMENT.
COMME TOUS LES MAÎTRES MYCQUEUX, IL TRAVAILLE DANS UNE GROTTE.
LES PLUS HUMIDES SONT LES PLUS PROPICES AUX CHAMPIGNONS.
CET ENDROIT EST SINISTRE!
CROA
MOINS QUE LE VISAGE DE CAMERLOT.
CROUI
IL EST TRÈS LAID?
IL FUT CONTAMINÉ PAR UN CHAMPIGNON SUR LEQUEL IL TRAVAILLAIT ...
... DEPUIS LE FONGUS LUI DÉVORE LA FACE!
MILLE SPORANGES!
J'AI OUBLIÉ DE REFERMER LA PORTE! CAMERLOT VA ÊTRE FURIEUX!!
CONTINUEZ DROIT DEVANT VOUS, JE VOUS REJOINS!
NOUS PRÉFÉRONS VOUS ATTENDRE.
DROIT DEVANT, J'AI DIT!!!
EEEH!
18

HA!HA!
UNE GLISSIÈRE! ACCROCHE-TOI!
AÏE!
IL N'Y A AUCUNE PRISE!
MILLE IMPASSES!
JE ME SUIS FAIT PIÉGER COMME UN APPRENTI!
DANS QUOI ALLONS-NOUS TOMBER ?!?
TU NE VAS PAS TARDER À LE SAVOIR, LA PENTE S'ADOUCIT...
BLANNGG
AH!
¡INCROYABLE!
19

DÉNICALES !
DITES DONC VOUS...?!?
VOUS CONNAISSEZ MAÎTRE DÉNICALES ?
MAIS NON, JE SUIS STUPIDE ! TU N'ES QU'UN AVATAR...
JE VOIS D'AILLEURS QUE CE VIEUX DÉNICALES A EU LA COQUETTERIE DE MODIFIER LE NEZ...
QUE VOULEZ-VOUS DIRE PAR "AVATAR" ?!?
HO HO ! IL NE T'A RIEN DIT, CARTOGRAPHE ? ALORS, ÇA NE REGARDE PAS LE VIEUX FOU QUE JE SUIS !
TOUT VA BIEN, MAÎTRE ?
PARFAITEMENT, MON FIDÈLE ANGOUSTE... NOS OISEAUX NE SORTIRONT PAS DE LEUR CAGE AVANT D'AVOIR EXPLIQUÉ POURQUOI ILS ME CHERCHENT !
POUF POUF
JE NE VOUS VEUX AUCUN MAL, CAMERLOT. AVANT DE MOURIR, LE PÈRE D'UN AMI NOUS A DEMANDÉ DE VOUS RETROUVER. IL TENAIT À PRÉSERVER UNE CERTAINE AMULETTE CONTRE LES SAPIENTISTES...
LE NOM DE CET HOMME ?
OOLFRE DU FLOOVANT.
IL Y A LONGTEMPS QUE JE N'AVAIS PAS ENTENDU CE NOM...
VOUS AVEZ L'AMULETTE ?
JE L'AI EXAMINÉE EN DÉTAIL, ELLE N'A RIEN DE PARTICULIER !
ILLUSION DE RÉALITÉ, CARTOGRAPHE !
MAIS QUELQUES POUDRES PEUVENT AIDER LA MATIÈRE À REGAGNER SA DIMENSION...
20

FZZFIIZ
ET VOILÀ... LE FRAGMENT D'OOLFRE !
ARCHIM ! TU AS VU ? C'EST IMPOSSIBLE ! IL A FAIT SURGIR UN DIAMANT !
PFFT ! PRESTIDIGITATION !
APPELEZ-ÇA COMME VOUS VOUDREZ... LES SAPIENTISTES TUERAIENT SANS HÉSITER POUR AVOIR CE QUE VOUS M'AVEZ APPORTÉ...
QU'EST-CE QUE C'EST ?
LES CARTOGRAPHES N'ONT PAS À LE SAVOIR. J'AI JADIS DEMANDÉ L'AIDE DE DÉNICALES, MAIS IL N'A PAS CRU AU DANGER. J'AURAIS PU LUI OUVRIR LES YEUX, MAIS LE PRIX À PAYER ÉTAIT TROP LOURD...
DEPUIS, JE ME CACHE, TRAQUÉ PAR LES SAPIENTISTES.
AUJOURD'HUI, L'INSTITUT D'ARAMANTES S'INQUIÈTE DE CE QU'ILS TRAMENT, CAMERLOT. DÉNICALES M'A DONNÉ CARTE BLANCHE POUR LES DÉMASQUER.
CARTE BLANCHE, VRAIMENT ?
JE PEUX T'APPRENDRE... SLUUURP... ...DES CHOSES, CARTOGRAPHE. MAIS JE DEMANDE EN ÉCHANGE À ÊTRE... SLUUURP... ...PROTÉGÉ.
MA PAROLE VOUS SUFFIT-ELLE ?
NOUS SOMMES CIVILISÉS. NOUS SAVONS QUE LES CHOSES IMPORTANTES DOIVENT ÊTRE ÉCRITES.
CLAC !
VOTRE NOM, CARTOGRAPHE ?
21

ARCHIM DE CAMP.
"MOI, ARCHIM DE CAMP, MAÎTRE CARTOGRAPHE, PARLANT AU NOM DE MAÎTRE DÉNICALES, DE L'INSTITUT D'ARAMANTES, M'ENGAGE À PRESERVER ET À PROLONGER PAR TOUS LES MOYENS À MA DISPOSITION LA VIE DE CAMERLOT DE FLORAQUE."
SIGNEZ ICI ET JE VOUS SORS DE CETTE CAGE.
AVEC OU SANS PAPIER JE VOUS AURAIS PROTÉGÉ. UNE FOIS À ARAMANTES, VOUS SEREZ EN SÉCURITÉ.
EH BIEN! C'EST PAS TROP TÔT!
ALORS? QU'AVEZ-VOUS À ME RÉVÉLER, CAMERLOT?
DES SECRETS DONT J'ESPÈRE QUE VOUS FEREZ BON USAGE, CARTOGRAPHE!
POUF!
OOLFRE ET MOI ÉTIONS D'HEUREUX SAPIENTISTES, AUTREFOIS ...
JE TRAVAILLAIS DÉJÀ SUR LES CHAMPIGNONS, ET OOLFRE SUR LES ARBRES...
MAIS UN JOUR, NOUS RÉALISÂMES À QUOI ALLAIENT SERVIR NOS DÉCOUVERTES...
VENEZ, VOUS COMPRENDREZ MIEUX!
C'EST PAS DANGEREUX, CE TRUC?
ÇA A L'ODEUR D'UN DESSOUS DE BRAS DE PLOUILLON!
EH OUI, LA VÉRITÉ PUE!
OÙ ALLONS NOUS?
IL Y A LONGTEMPS...
22

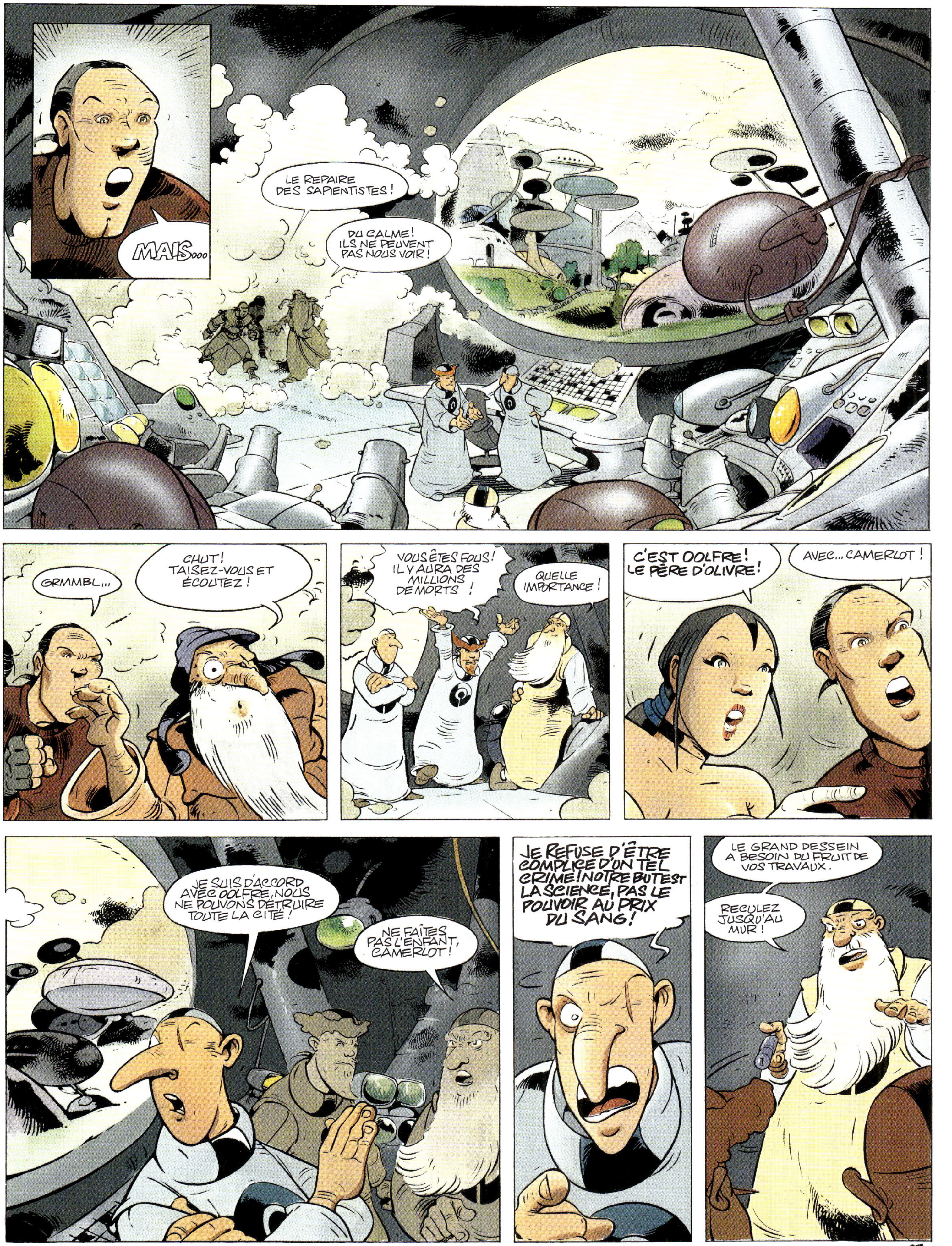
MAIS...
LE REPAIRE DES SAPIENTISTES !
DU CALME ! ILS NE PEUVENT PAS NOUS VOIR !
GRMMBL...
CHUT ! TAISEZ-VOUS ET ÉCOUTEZ !
VOUS ÊTES FOUS ! IL Y AURA DES MILLIONS DE MORTS !
QUELLE IMPORTANCE !
C'EST OOLFRE ! LE PÈRE D'OLIVRE !
AVEC... CAMERLOT !
JE SUIS D'ACCORD AVEC OOLFRE, NOUS NE POUVONS DÉTRUIRE TOUTE LA CITÉ !
NE FAITES PAS L'ENFANT, CAMERLOT !
JE REFUSE D'ÊTRE COMPLICE D'UN TEL CRIME ! NOTRE BUT EST LA SCIENCE, PAS LE POUVOIR AU PRIX DU SANG !
LE GRAND DESSEIN A BESOIN DU FRUIT DE VOS TRAVAUX.
RECULEZ JUSQU'AU MUR !
23

NOUS SAURONS EXPLOITER VOTRE BLOC MÉMOIRE !
CLICK !
ATTENTION ! DANS SIX SECONDES, IL VA TIRER PAR ICI !
MAIS JE CROYAIS QUE NOUS ÉTIONS DANS UNE IMAGE ?
C'EST UN PEU PLUS COMPLIQUÉ...
ON NE PEUT PAS LE LAISSER EMPORTER ÇA !
ALORS, IL N'Y A QU'UNE SOLUTION ...
YAHA !
SHOOF
AHH
ZIII
À L'AIDE !
SHOOF
SHOOF
24

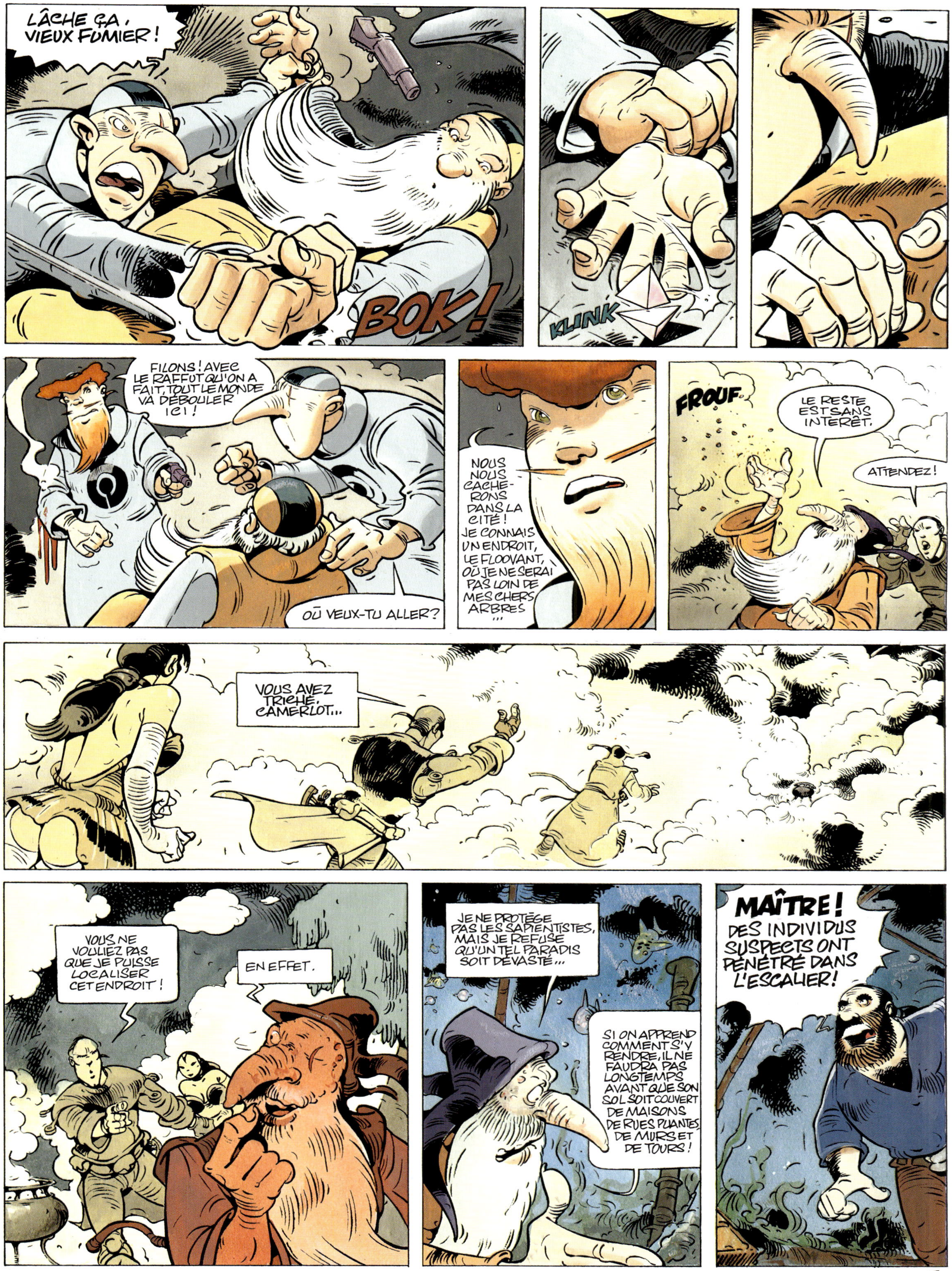

LÂCHE ÇA, VIEUX FUMIER !
BOK !
KLINK
FILONS ! AVEC LE RAFFUT QU'ON A FAIT, TOUT LE MONDE VA DÉBOULER ICI !
OÙ VEUX-TU ALLER ?
NOUS NOUS CACHERONS DANS LA CITÉ ! JE CONNAIS UN ENDROIT, LE FLOOVANT, OÙ JE NE SERAI PAS LOIN DE MES CHERS ARBRES ...
FROUF
LE RESTE EST SANS INTÉRÊT.
ATTENDEZ !
VOUS AVEZ TRICHÉ, CAMELOT...
VOUS NE VOULIEZ PAS QUE JE PUISSE LOCALISER CET ENDROIT !
EN EFFET.
JE NE PROTÈGE PAS LES SAPIENTISTES, MAIS JE REFUSE QU'UN TEL PARADIS SOIT DÉVASTÉ...
SI ON APPREND COMMENT S'Y RENDRE, IL NE FAUDRA PAS LONGTEMPS AVANT QUE SON SOL SOIT COUVERT DE MAISONS DE RUES PUANTES, DE MURS ET DE TOURS !
MAÎTRE ! DES INDIVIDUS SUSPECTS ONT PÉNÉTRÉ DANS L'ESCALIER !

25

ICI ? VOUS EN ÊTES SÛR ?
CERTAIN. ILS SONT EN BAS AVEC CAMERLOT.
FOI DE KLOVE NOUS SOMMES LES MEILLEURS PISTEURS DE DANDALE !
C'EST POUR ÇA QUE NOUS VOUS EMPLOYONS.
LAISSEZ-MOI PASSER DEVANT. J'AI DE QUOI LES TENIR EN RESPECT !
MFPT ! UN SAPIENTISTE !
JE SAVAIS QUE MES PETITES INSTALLATIONS SERVIRAIENT UN JOUR OU L'AUTRE...
TCHAC
WOOOF
EYH !
PAR LE GRAND DESSEIN !
CROOOUUU...
VOUS AVEZ DES ARMES CONTRE ÇA ?
RESTEZ CALME ! NOUS ALLONS BIEN DÉBOUCHER QUELQUE PART...
SWISSSSS
MAIS TIREZ ! BON SANG ! TIREZ...
AAAAAAHH
FFSH
26

UN VÉGÉTAL MARIN CARNIVORE... JE L'ÉTUDIE DEPUIS DES ANNÉES !
C'EST AFFREUX !
VOUS AVEZ RAISON, C'EST AFFREUX ! IL A BEAUCOUP TROP MANGÉ D'UN SEUL COUP ! HIHIHI...
NOUS SAVONS MAINTENANT POUR QUI TRAVAILLAIENT CES PRÉTENDUS CARTOGRAPHES DU HAVRE...
SI NOUS NE VOULONS PAS EN VOIR ARRIVER D'AUTRES, NOUS FERIONS MIEUX DE FILER !
LA LONGUE FUITE CONTINUE ! J'AI PASSÉ MA VIE À ÉCHAPPER AUX SAPIENTISTES...
A ARAMANTES, VOUS NE CRAINDREZ RIEN.
NOUS VERRONS.
LORSQU'ILS SONT ARRIVÉS, VOUS ALLIEZ ME DIRE CE QUE CONTIENNENT LES DEUX ÉCLATS DE CE FAMEUX CRISTAL...
OOLFRE TRAVAILLAIT SUR LES ARBRES, MOI SUR LES CHAMPIGNONS : NOUS AVONS CRÉÉ UNE RACE D'ARBRES GÉANTS QUI POUSSENT EN QUELQUES HEURES.
LE GRAND DESSEIN DES SAPIENTISTES EST DE RENDRE À DANDALE SON ASPECT NATUREL ORIGINEL, ET S'ILS RÉCUPÈRENT LE FRUIT DE NOS RECHERCHES...
... VOILÀ CE QUI SE PASSERAIT !!
"EN QUELQUES HEURES, DES ARBRES JAILLIRAIENT DU SOL DÉTRUISANT LES HABITATIONS, DES MILLIONS D'INDIVIDUS PÉRIRAIENT... "

DÉSORGANISÉS, LES SURVIVANTS SERAIENT FACILEMENT EXTERMINÉS...
LES SAPIENTISTES SONT DES MONSTRES !
MAIS DÉSORMAIS, NOUS DÉTENONS À NOUVEAU LE CRISTAL ENTIER...
PAS TOUT À FAIT !
LORSQUE JE SUIS ARRIVÉ À FLORAQUE, J'AI CHERCHÉ LA MEILLEURE CACHE POSSIBLE POUR MON FRAGMENT...
...ET JE L'AI FAIT MONTER, AU MILIEU DE DIAMANTS, SUR UN DIADÈME QUE J'AI OFFERT À LA DYNARQUE !
IL EST MAINTENANT À L'ABRI AVEC LE TRÉSOR DE SULPANE.
INGÉNIEUX.
TU PARLES ! ON A PLUS QU'À CAMBRIOLER LE PALAIS !
EN ATTENDANT, NOUS NOUS INSTALLERONS AU HAVRE !
TU CROIS QUE C'EST PRUDENT ?
LE FAUX LÉGAT ET SON COMMIS SONT MORTS... NOUS Y SERONS EN SÉCURITÉ.
CHAQUE HAVRE CONTIENT UN JEU COMPLET DES CARTES ÉTABLIES DANS LE PAYS...
VOILÀ LE PLAN DE LA PARTIE DU PALAIS QUI NOUS INTÉRESSE...
NOLANE

28

LE TRÉSOR DE LA DYNARQUE EST EXPOSÉ DANS CETTE PIÈCE... SANS DOUTE BIEN GARDÉE...
OLIVRE DOIT ÊTRE DANS LA MÊME AILE, AVEC LE HAREM...
IL NOUS FAUDRAIT DES ACROBATES POUR ARRIVER JUSQUE LÀ!
SI OLIVRE ÉTAIT AVEC NOUS...
MOI JE SAIS!
FAUDE ET SES FRIPONNES, VOYONS! SI C'EST POUR OLIVRE, ELLES NE REFUSERONT PAS!
ELLE A DE BONNES IDÉES CETTE PETITE!
TAP TAP
LE PALAIS DE LA DYNARQUE SULPANE N'EST PAS UNE FORTERESSE INEXPUGNABLE, MAIS IL EST NÉANMOINS BIEN GARDÉ...
VOUS AVEZ L'ITINÉRAIRE EN TÊTE?
T'INQUIÈTE PAS, MON MIGNON!
LE SEUL DANGER DE L'EXPÉDITION, C'EST TOI! TU AS INTÉRÊT À ÊTRE AGILE...
...OU JE FERAI CLAQUER MON FOUET!
ET MAINTENANT, SILENCE!
À GAUCHE!
PAUL GLAUDEL

BON, FAUT SAUTER.
À NOUS !
FLOOF
JE CROIS QUE JE VAIS FERMER LA MARCHE... AINSI, JE POURRAI MIEUX...
SURVEILLER NOS ARRIÈRES ?
TOUT... VA BIEN ... PERSONNE NE NOUS SUIT...
ZIIIP
SPÉCIAL MAIS EFFICACE !
YOUHOUUU !
?!?
30

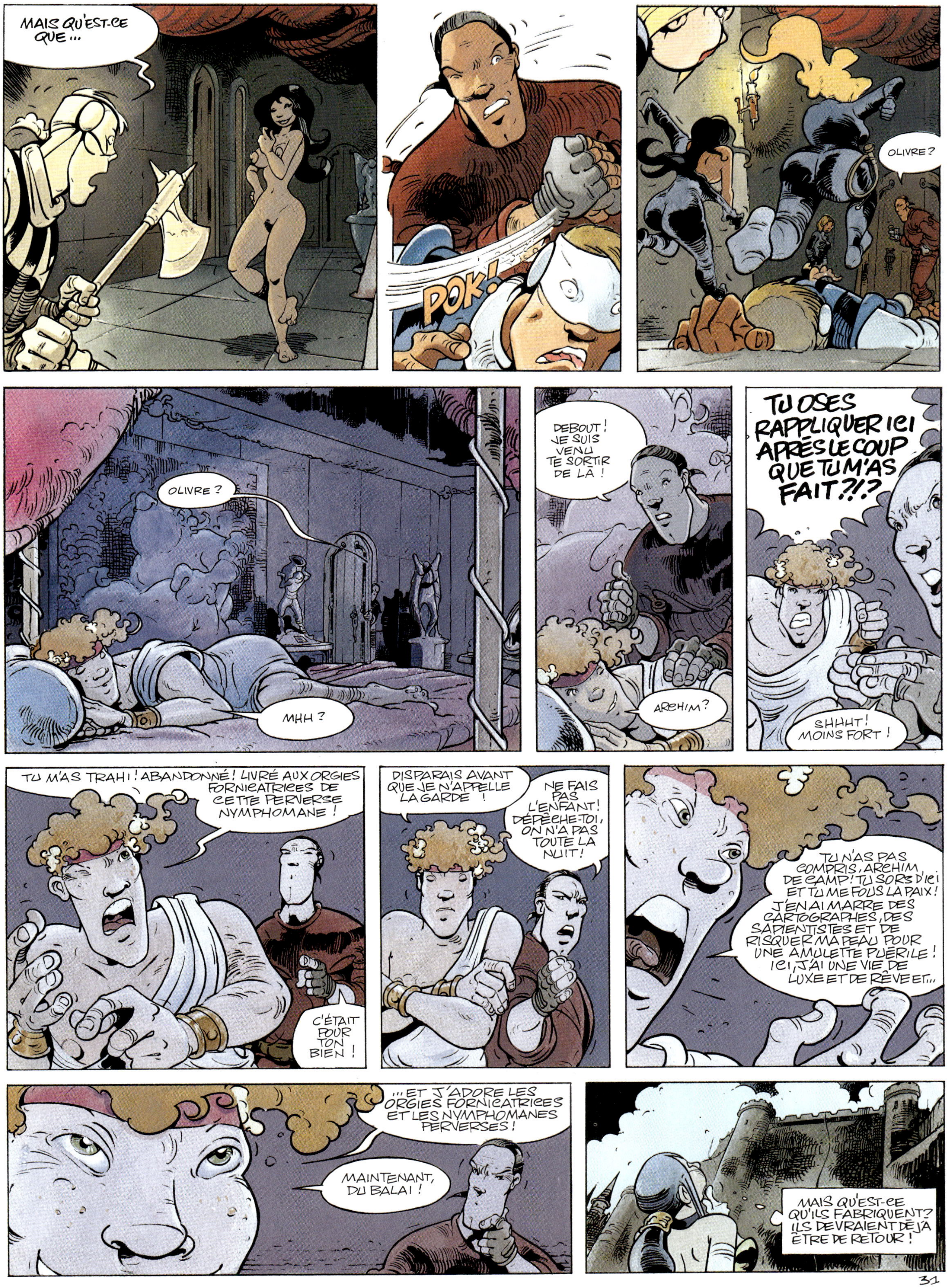
MAIS QU'EST-CE QUE...
POK!
OLIVRE ?
OLIVRE ?
MHH ?
DEBOUT ! JE SUIS VENU TE SORTIR DE LÀ !
ARCHIM ?
TU OSES RAPPLIQUER ICI APRÈS LE COUP QUE TU M'AS FAIT ?!?
SHHHT ! MOINS FORT !
TU M'AS TRAHI ! ABANDONNÉ ! LIVRÉ AUX ORGIES FORNICATRICES DE CETTE PERVERSE NYMPHOMANE !
C'ÉTAIT POUR TON BIEN !
DISPARAIS AVANT QUE JE N'APPELLE LA GARDE !
NE FAIS PAS L'ENFANT ! DÉPÊCHE-TOI, ON N'A PAS TOUTE LA NUIT !
TU N'AS PAS COMPRIS, ARCHIM, DE CAMP ! TU SORS D'ICI ET TU ME FOUS LA PAIX ! J'EN AI MARRE DES CARTOGRAPHES, DES SAPIENTISTES ET DE RISQUER MA PEAU POUR UNE AMULETTE PUÉRILE ! ICI, J'AI UNE VIE DE LUXE ET DE RÊVE ET...
...ET J'ADORE LES ORGIES FORNICATRICES ET LES NYMPHOMANES PERVERSES !
MAINTENANT, DU BALAI !
MAIS QU'EST-CE QU'ILS FABRIQUENT ? ILS DEVRAIENT DÉJÀ ÊTRE DE RETOUR !
31

OLIVRE ! SOIT RAISONNA...
BLARK !
TRÈS BIEN. APRÈS TOUT, TU ES LIBRE DE CHOISIR TA VIE.
BLOURF
OUGN !
GNNN
JE TE TUERAI, CARTOGRAPHE !
SLAM
MA TOUR BLOQUE TA RUE, GODO ! TU ES COINCÉ...
32

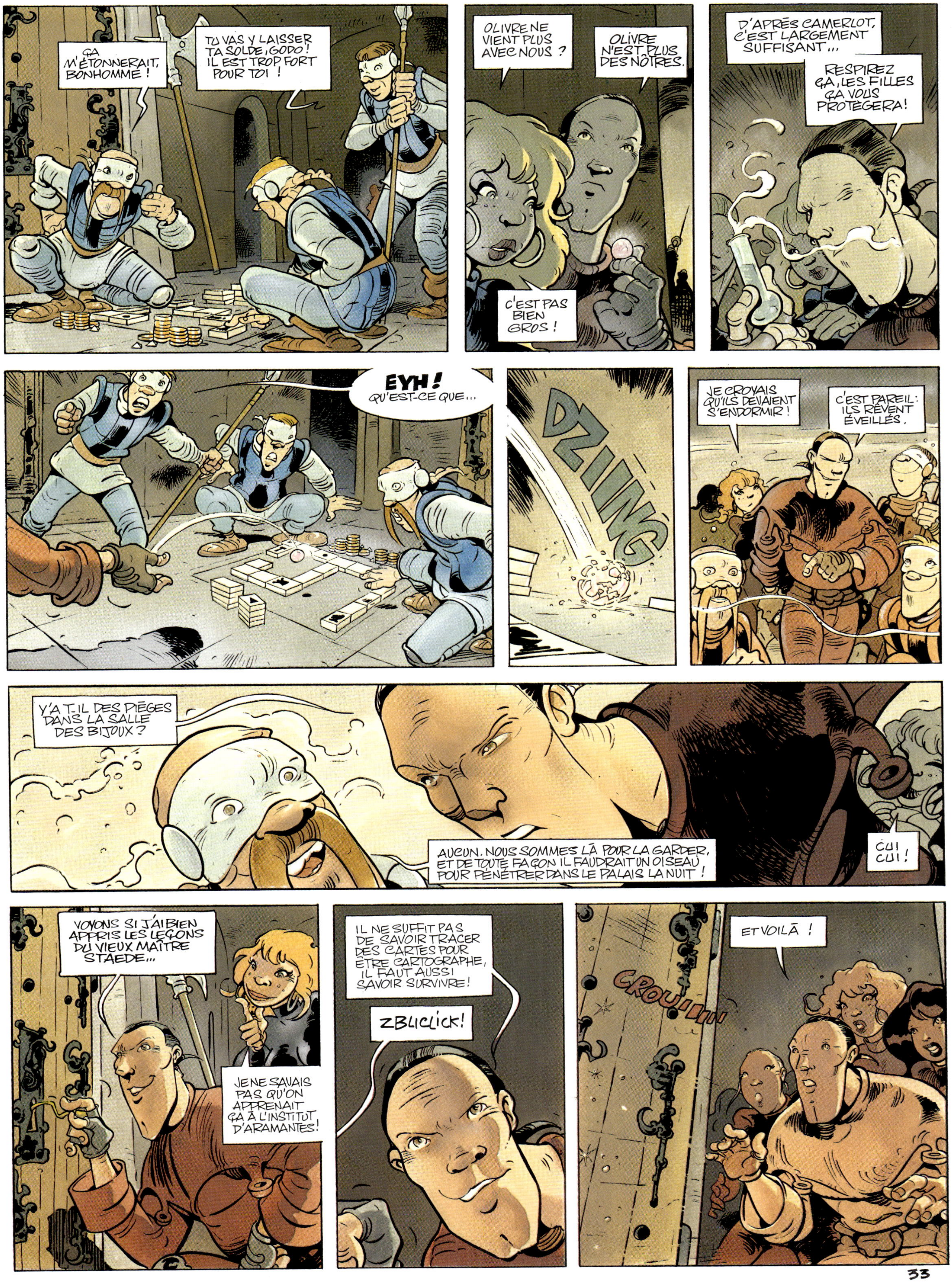
TU VAS Y LAISSER TA SOLDE, GODO ! IL EST TROP FORT POUR TOI !
ÇA M'ÉTONNERAIT, BONHOMME !
OLIVRE NE VIENT PLUS AVEC NOUS ?
OLIVRE N'EST PLUS DES NÔTRES.
C'EST PAS BIEN GROS !
D'APRÈS CAMERLOT, C'EST LARGEMENT SUFFISANT...
RESPIREZ ÇA, LES FILLES ÇA VOUS PROTÉGERA !
EYH ! QU'EST-CE QUE...
DZIIING
JE CROYAIS QU'ILS DEVAIENT S'ENDORMIR !
C'EST PAREIL : ILS RÊVENT ÉVEILLÉS.
Y'A-T-IL DES PIÈGES DANS LA SALLE DES BIJOUX ?
AUCUN. NOUS SOMMES LÀ POUR LA GARDER, ET DE TOUTE FAÇON IL FAUDRAIT UN OISEAU POUR PÉNÉTRER DANS LE PALAIS LA NUIT !
CUI CUI !
VOYONS SI J'AI BIEN APPRIS LES LEÇONS DU VIEUX MAÎTRE STAEDE...
JE NE SAVAIS PAS QU'ON APPRENAIT ÇA À L'INSTITUT D'ARAMANTES !
IL NE SUFFIT PAS DE SAVOIR TRACER DES CARTES POUR ÊTRE CARTOGRAPHE, IL FAUT AUSSI SAVOIR SURVIVRE !
ZBUICLICK !
CROUIIIII
ET VOILÀ !
33

QUELQUES PIÈCES PLUS LOIN...
ALORS MON MIGNON, TU AS RETROUVÉ TOUTES TES FORCES DEPUIS NOTRE DÉLASSEMENT DE CET APRÈS-MIDI ?
MHHH
QU'EST-CE QUE C'EST QUE CETTE MINE ? TU T'ES BATTU ?
J'AI GLISSÉ !
TU SEMBLES POURTANT ADROIT... J'AI DES PROJETS POUR TOI.
DE QUEL GENRE ?
ON T'EXPLIQUERA DEMAIN...
MHHHH !
POUR L'INSTANT, FAIS TON DEVOIR...
SUPERBE, NON ?
DES OPALES DE MEIRION !
UN PEU VULGAIRE MA CHÉRIE !
C'EST IMPOSSIBLE ! ON A TOUT FOUILLÉ, IL DEVRAIT ÊTRE LÀ...
WAHOU !
À MOINS QUE...
LE DIADÈME DE LA COLLECTION ! OÙ EST-IL ?
BEIN... SUR LA TÊTE DE LA DYNARQUE ! ELLE DOIT L'OFFRIR EN TROPHÉE AU VAINQUEUR DES GRANDES JOUTES, DEMAIN.
34

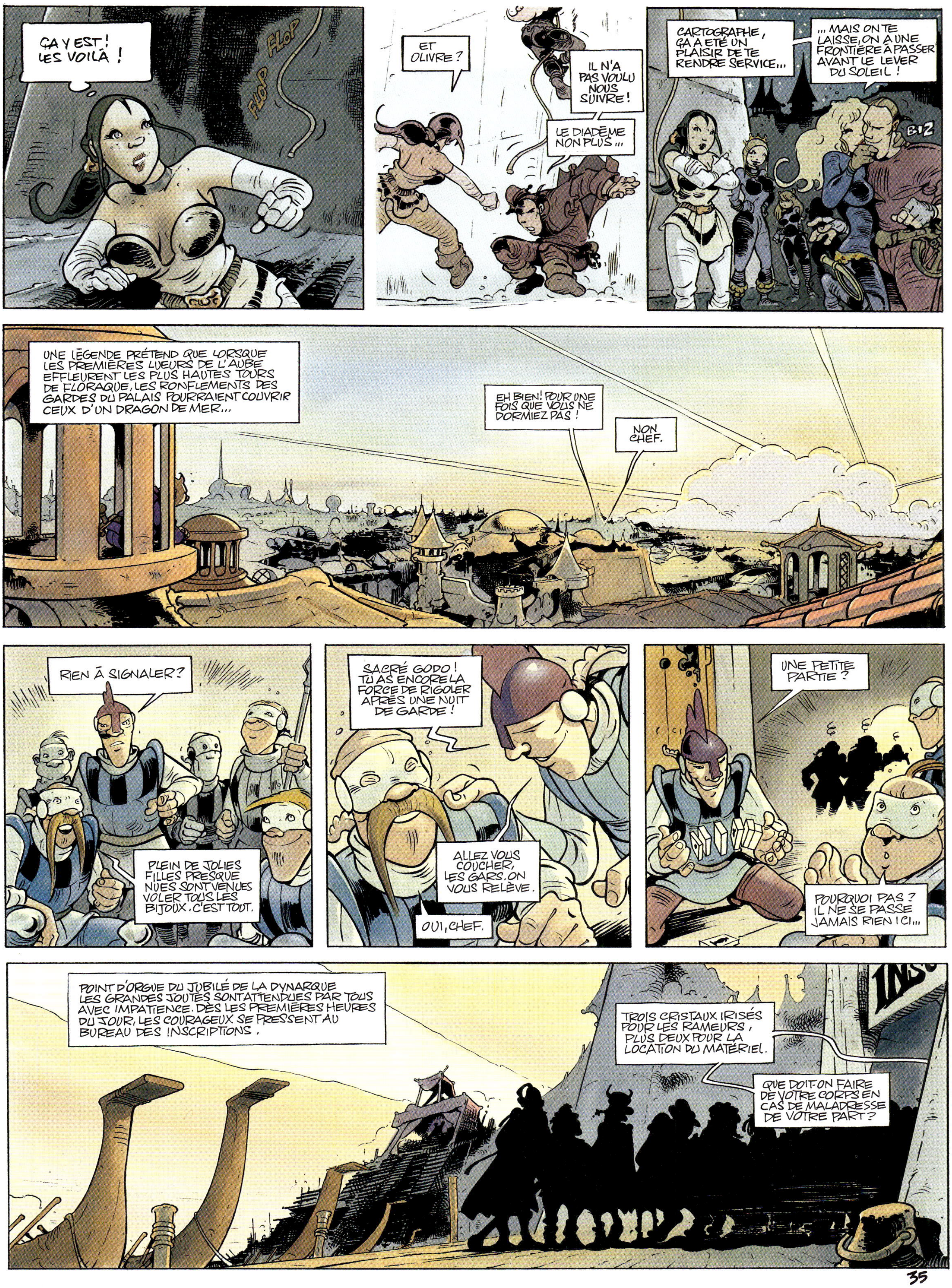
ÇA Y EST ! LES VOILÀ !
FLOP FLOP
ET OLIVRE ?
IL N'A PAS VOULU NOUS SUIVRE !
LE DIADÈME NON PLUS...
CARTOGRAPHE, ÇA A ÉTÉ UN PLAISIR DE TE RENDRE SERVICE...
... MAIS ON TE LAISSE, ON A UNE FRONTIÈRE À PASSER AVANT LE LEVER DU SOLEIL !
BIZ
UNE LÉGENDE PRÉTEND QUE LORSQUE LES PREMIÈRES LUEURS DE L'AUBE EFFLEURENT LES PLUS HAUTES TOURS DE FLORAQUE, LES RONFLEMENTS DES GARDES DU PALAIS POURRAIENT COUVRIR CEUX D'UN DRAGON DE MER...
EH BIEN ! POUR UNE FOIS QUE VOUS NE DORMIEZ PAS !
NON CHEF.
RIEN À SIGNALER ?
PLEIN DE JOLIES FILLES PRESQUE NUES SONT VENUES VOLER TOUS LES BIJOUX. C'EST TOUT.
SACRÉ GODO ! TU AS ENCORE LA FORCE DE RIGOLER APRÈS UNE NUIT DE GARDE !
ALLEZ VOUS COUCHER, LES GARS. ON VOUS RELÈVE.
OUI, CHEF.
UNE PETITE PARTIE ?
POURQUOI PAS ? IL NE SE PASSE JAMAIS RIEN ICI...
POINT D'ORGUE DU JUBILÉ DE LA DYNARQUE LES GRANDES JOUTES SONT ATTENDUES PAR TOUS AVEC IMPATIENCE. DÈS LES PREMIÈRES HEURES DU JOUR, LES COURAGEUX SE PRESSENT AU BUREAU DES INSCRIPTIONS.
TROIS CRISTAUX IRISÉS POUR LES RAMEURS, PLUS DEUX POUR LA LOCATION DU MATÉRIEL.
QUE DOIT-ON FAIRE DE VOTRE CORPS EN CAS DE MALADRESSE DE VOTRE PART ?
35

PEU IMPORTE. JE NE PRATIQUE AUCUNE RELIGION...
ALORS JE VOUS ATTRIBUE AUX ÉLEVEURS DE PLOUILLONS. C'EST DOMMAGE DE LAISSER DES PROTÉINES SE PERDRE.
LES RÉCLAMATIONS NE SERONT REÇUES QU'EN CAS DE DÉCÈS
VOUS CROYEZ QU'IL A UNE CHANCE DE GAGNER ?
UNE CHANCE SUR 64, PRÉCISÉMENT, PUISQU'ILS SONT 64 CONCURRENTS !
SI J'AVAIS EU QUELQUES SEMAINES POUR M'ENTRAÎNER...
LA SUBLISSIME DYNARQUE SULPANE, PROTECTRICE DE FLORAQUE !
PWAAP
PWAAP
POUU
POWAAAP
BON PEUPLE DE FLORAQUE, QUE LES GRANDES JOUTES SOIENT !
CE CHAMPION DÉFENDRA MES COULEURS ET...
OLIVRE !?!
...CE MAGNIFIQUE BIJOU ORNERA LA TÊTE DU GAGNANT !
TU LE POSERAS TOI-MÊME SUR MON CRÂNE, DYNARQUE !
36

LE RITUEL DES JOUTES EST IMMÉMORIAL. LES ADVERSAIRES FORMENT DEUX LIGNES PERPENDICULAIRES AU QUAI, ET APRÈS CHAQUE CHOC, LA MOITIÉ D'ENTRE EUX NAGE VERS LA RIVE SOUS LES LAZZIS DE LA FOULE...
IL FAUT TROUVER LE BON POINT D'IMPACT...
IL EST LOURD MAIS MAL ÉQUILIBRÉ...
VAS-Y ARCHIM !
YAHAYHA !
HÉÉÉ...
KRAKK
EEEYYYHH...
NOOON !
OOOHHH !
TOUT DOUX, LES GARS ! TOUT DOUX !
OUF !
37

OUAIS! IL S'EN EST SORTI !
ON PASSE À UNE CHANCE SUR 32 !
AU FIL DES TOURS ...
UNE CHANCE SUR HUIT !
... ARCHIM ACQUIERT UNE CERTAINE DEXTÉRITÉ.
ON DIRAIT QU'OLIVRE EST ENCORE EN COURSE !
YAHOO!
UNE CHANCE SUR QUATRE.
TRII PUUU TRIIIIILLE PWAAP PUUTU POMP
AINSI QUE LE VEUT LA TRADITION, C'EST SANS BOUCLIER ET AVEC FAUCHARD QUE SE DÉROULERONT LES DERNIERS AFFRONTEMENTS !
TIENS ! LE CARTOGRAPHE DE L'AUTRE JOUR ! CE SERAIT AMUSANT QU'IL SE RETROUVE FACE À MON CHAMPION !
38

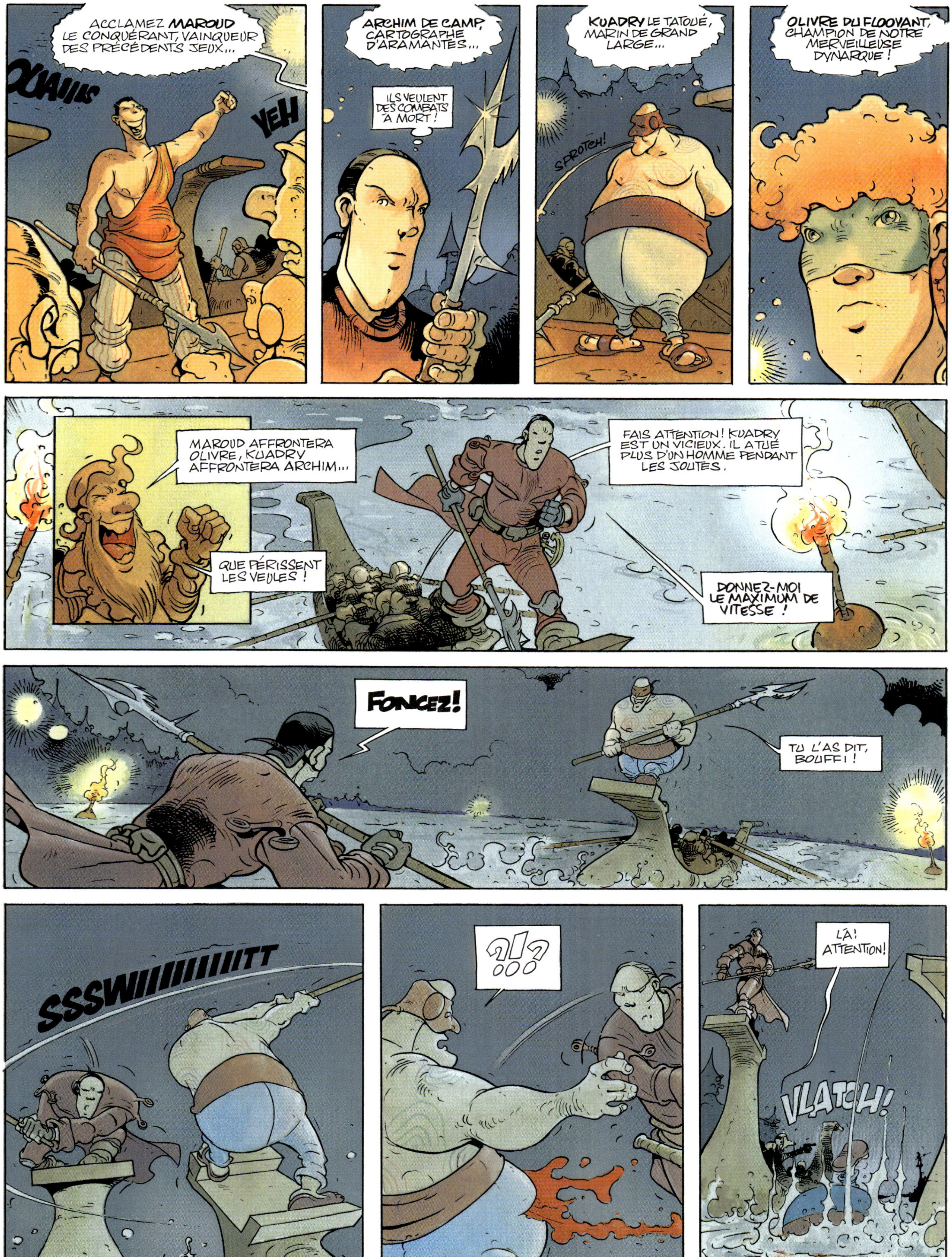
ACCLAMEZ MAROUD LE CONQUÉRANT, VAINQUEUR DES PRÉCÉDENTS JEUX...
OUAIIIS
YEH
ARCHIM DE CAMP, CARTOGRAPHE D'ARAMANTES...
ILS VEULENT DES COMBATS À MORT !
KUADRY LE TATOUÉ, MARIN DE GRAND LARGE...
SPROTCH!
OLIVRE DU FLOOVANT, CHAMPION DE NOTRE MERVEILLEUSE DYNARQUE !
MAROUD AFFRONTERA OLIVRE, KUADRY AFFRONTERA ARCHIM...
QUE PÉRISSENT LES VEULES !
FAIS ATTENTION ! KUADRY EST UN VICIEUX. IL A TUÉ PLUS D'UN HOMME PENDANT LES JOUTES.
DONNEZ-MOI LE MAXIMUM DE VITESSE !
FONCEZ!
TU L'AS DIT, BOUFFI !
SSSWIIIIIIIIIITT
?!?
LÀ! ATTENTION!
VLATCH!

39

LE ROUQUIN FONCE DROIT SUR NOUS !
OLIVRE !
OLIVRE ATTAQUE ARCHIM !
SOUVENT FEMELLE TOURNICOTE.
PIVOTEZ TRIBORD !
OLIVRE ! RENONCE ! JE NE VEUX PAS TE TUER !
OLIVRE ! NE M'OBLIGE PAS...
MAIS QU'EST-CE QU'IL FAIT ?
PUISQUE C'EST COMME ÇA...
FLATCH !
TU TENTES ENCORE DE ME MANIPULER, ARCHIM !
40

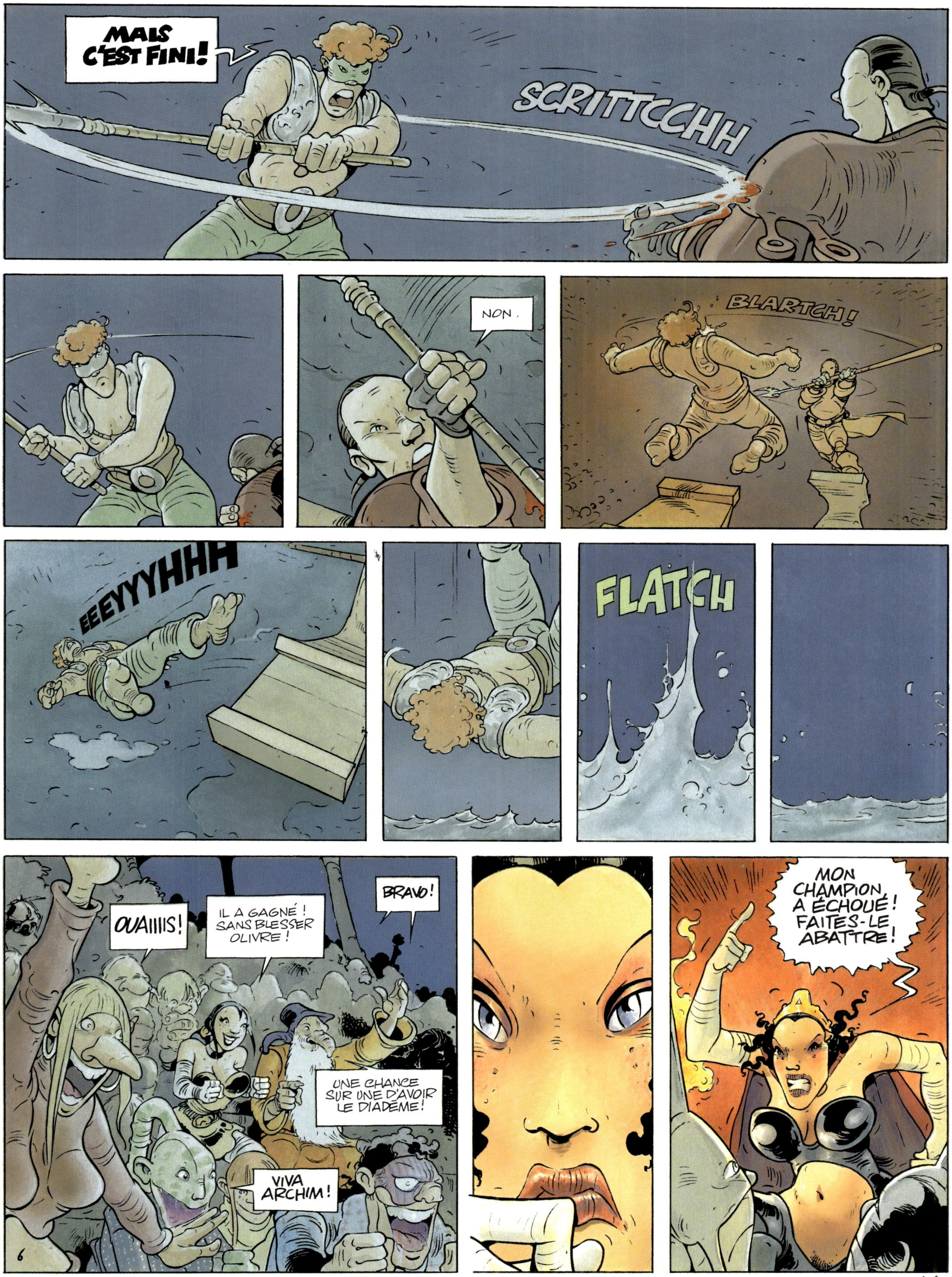

MAIS C'EST FINI!
SCRITTCCHH
NON.
BLARTCH!
EEEYYYHHH
FLATCH
OUAIIIIS!
IL A GAGNÉ ! SANS BLESSER OLIVRE !
BRAVO!
UNE CHANCE SUR UNE D'AVOIR LE DIADÈME!
VIVA ARCHIM!
MON CHAMPION A ÉCHOUÉ! FAITES-LE ABATTRE!
41

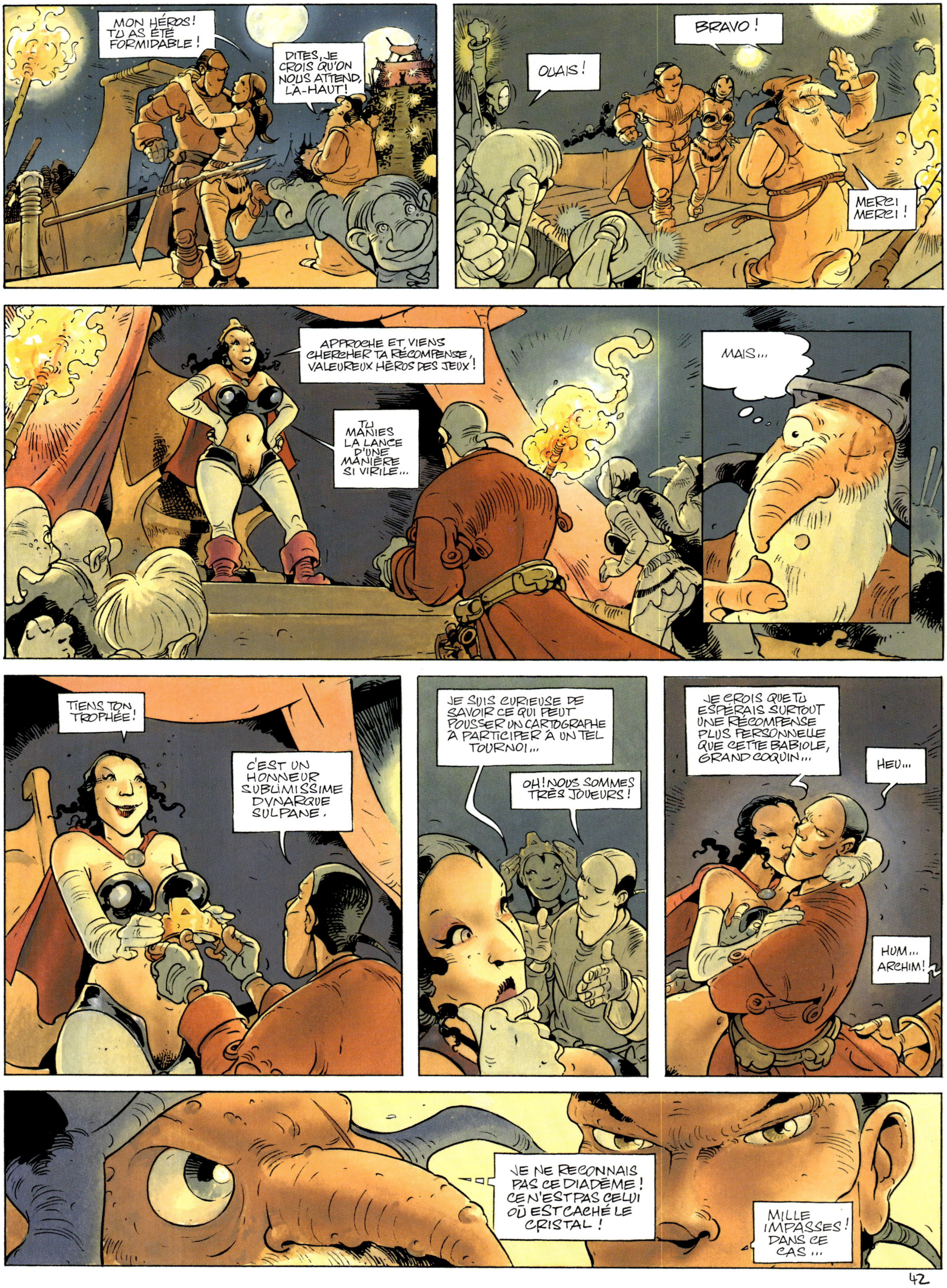
MON HÉROS ! TU AS ÉTÉ FORMIDABLE !
DITES, JE CROIS QU'ON NOUS ATTEND, LÀ-HAUT !
OUAIS !
BRAVO !
MERCI ! MERCI !
APPROCHE ET VIENS CHERCHER TA RÉCOMPENSE, VALEUREUX HÉROS DES JEUX !
TU MANIES LA LANCE D'UNE MANIÈRE SI VIRILE...
MAIS...
TIENS TON TROPHÉE !
C'EST UN HONNEUR SUBLIMISSIME DYNARQUE SULPANE.
JE SUIS CURIEUSE DE SAVOIR CE QUI PEUT POUSSER UN CARTOGRAPHE À PARTICIPER À UN TEL TOURNOI...
OH ! NOUS SOMMES TRÈS JOUEURS !
JE CROIS QUE TU ESPÉRAIS SURTOUT UNE RÉCOMPENSE PLUS PERSONNELLE QUE CETTE BABIOLE, GRAND COQUIN...
HEU...
HUM... ARCHIM !
JE NE RECONNAIS PAS CE DIADÈME ! CE N'EST PAS CELUI OÙ EST CACHÉ LE CRISTAL !
MILLE IMPASSES ! DANS CE CAS...
42

POUR UN JEU DE SHKLONZ, C'EST UN JEU DE SHKLONZ !
OUF! IL NE M'A PAS VU...
MIEUX VAUT ALLER SE FONDRE DANS LA VILLE...
DANS UNE FÊTE, IL Y A TOUJOURS DU TRAVAIL POUR UN DÉROBEUR !
C'EST PAS QUE JE SOIS JALOUSE MAIS TOUT DE MÊME...
ARCHIM NE FAIT QUE SON DEVOIR DE CARTOGRAPHE.
FAUDRAIT PAS QU'IL Y PRENNE PLAISIR !
DÉPÊCHEZ-VOUS NOUS DEVONS ÊTRE SOUS LES FENÊTRES DU PALAIS AVANT MINUIT.
YAHOO !
HIHIHI !
OH OUIIIIIIII...
HOHOHO !
QUELLE VIGUEUR ! TOUS LES CARTOGRAPHES SONT COMME TOI ?
43

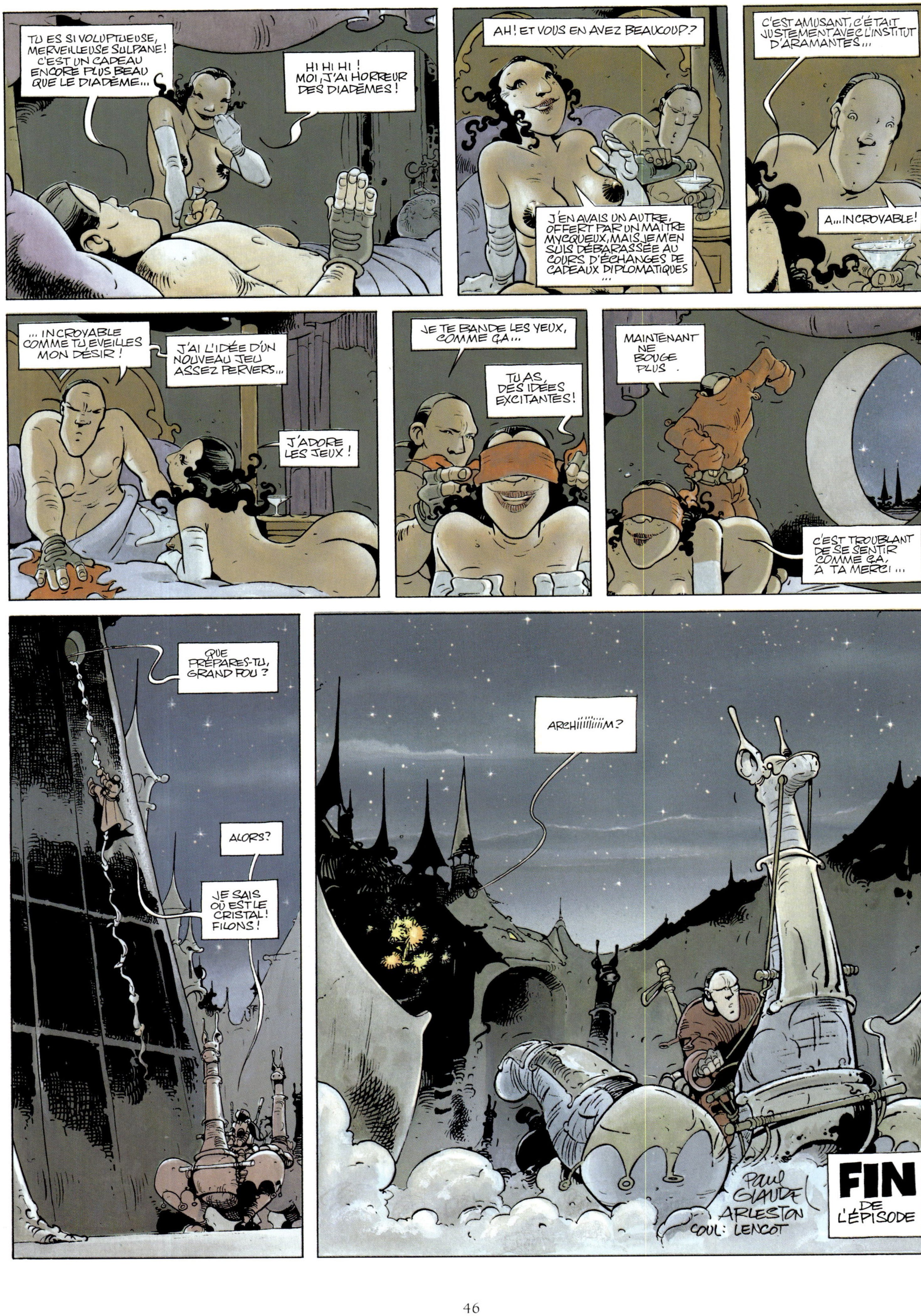
TU ES SI VOLUPTUEUSE, MERVEILLEUSE SULPANE ! C'EST UN CADEAU ENCORE PLUS BEAU QUE LE DIADÈME...
HI HI HI ! MOI, J'AI HORREUR DES DIADÈMES !
AH ! ET VOUS EN AVEZ BEAUCOUP ?
J'EN AVAIS UN AUTRE, OFFERT PAR UN MAÎTRE MYCQUEUX, MAIS JE M'EN SUIS DÉBARASSÉE AU COURS D'ÉCHANGES DE CADEAUX DIPLOMATIQUES ...
C'EST AMUSANT, C'ÉTAIT JUSTEMENT AVEC L'INSTITUT D'ARAMANTES ...
A... INCROYABLE !
... INCROYABLE COMME TU EVEILLES MON DÉSIR !
J'AI L'IDÉE D'UN NOUVEAU JEU ASSEZ PERVERS...
J'ADORE LES JEUX !
JE TE BANDE LES YEUX, COMME ÇA...
TU AS, DES IDÉES EXCITANTES !
MAINTENANT NE BOUGE PLUS .
C'EST TROUBLANT DE SE SENTIR COMME ÇA, À TA MERCI ...
QUE PRÉPARES-TU, GRAND FOU ?
ALORS?
JE SAIS OÙ EST LE CRISTAL ! FILONS !
ARCHIIIIIIIIIM ?
PAUL GLAUDEL ARLESTON COUL: LENCOT
FIN DE L'ÉPISODE

Album SOLEIL PRODUCTIONS
9, rue Racine - 83000 TOULON
Téléphone : 94 185 185 - Fax : 94 62 30 21
Dépôt légal : Nov. 1996 - ISBN 2 - 87764 - 385 - 9

Conception Graphique : Laurent ARNAUD pour SOLEIL
Photogravure : Infoscan - 06 Sophia Antipolis
Impression et reliure : *Partenaires-Livres*®

TOUT... VA BIEN ... PERSONNE NE NOUS SUIT...
CONFUS DE CE
PERMETS-MOI DE
UN PRÉSENT POUR
L'AMITIÉ ENTRE
NTES ET
QUE...
GUÈRE
Z UN
FILS DE PLOUIL-LON!